사랑인 줄
알았는데
부정맥

Silver Senryu Tanjoubi Rousoku Fuite Tachikurami

First published in Japan in 2012 by Poplar Publishing Co., Ltd.
Korean translation rights arranged with Poplar Publishing Co., Ltd.
through BC Agency

사랑인 줄 알았는데

부정맥

포레스트북스

실버 silver

일본식 영어로 '노년 세대'를 뜻한다. 머리가 백발(실버)이 되는 것에서 따온 단어로, 일본 철도의 노약자석인 '실버 시트'가 그 어원이다. 풍부한 경험을 쌓아왔으며 다양한 분야에 정통하다고 여겨지는 세대지만, 한편으로는 나이듦에 따라 몸과 마음이 쇠약해져 괴로워하는 경우도 많다. 용례로 실버 시트, 실버 에이지, 실버 인재 센터 등이 있다.

1부

당일치기로
가보고 싶구나
천국에

사이 지요코 · 여성 · 미야기현 · 일흔한 살 · 무직

LED 전구 다 쓸 때까지 남지 않은 나의 수명

사사키 요시오 · 남성 · 교토부 · 일흔여덟 살 · 무직

종이랑 펜
찾는 사이에
쓸 말 까먹네

야마모토 류스 · 남성 · 지바현 · 일흔세 살 · 무직

10

아무 맛없는 싱거운 조림 실은 며느리의 배려

에비하라 준코 · 여성 · 이바라키현 · 쉰일곱 살 · 주부

세 시간이나
기다렸다 들은 병명
「노환입니다」

오하라 시즈코 · 여성 · 니가타현 · 예순다섯 살 · 무직

12

개찰구 안 열려
확인하니
진찰권

쓰다 히로코 · 여성 · 지바현 · 마흔여섯 살 · 주부

2세대 주택
지었지만 아들한테
색시 안 오네

다키가미 마사오 · 남성 · 가나가와현 · 예순네 살 · 회사원

15

여자 모임이라
말하고서 향하는
데이케어센터*

나카하라 마사토 · 남성 · 지바현 · 일흔네 살 · 무직

* 노인성 질병이 있는 어르신들을 낮 시간 동안 맡아 식사, 목욕, 레크리에이션, 보행 훈련 등의 서비스를 제공하는 시설.

일어나긴 했는데
잘 때까지 딱히
할 일이 없다

요시무라 아키히로 · 남성 · 사이타마현 · 일흔세 살 · 무직

넘어질 뻔해서
뒤돌아 봤더니
아무것도 없는 길

야마다 도루 · 남성 · 군마현 · 마흔네 살 · 회사원

자명종
울리려면 멀었나
일어나서 기다린다

야마다 히로마사 · 남성 · 가나가와현 · 일흔한 살 · 경영 컨설턴트

연명 치료
필요 없다 써놓고
매일 병원 다닌다

우루이치 다카미쓰 · 남성 · 미야기현 · 일흔 살 · 무직

레이디 가가보다
화려하구나
우리 집 레이디 바바*

아오이 하루키 · 남성 · 지바현 · 서른한 살 · 무직

* 일본어로 할머니.

이 나이 되니
너무 많아
다 먹을 수 없는 콩*

노리쿠라 스미코 · 여성 · 효고현 · 여든여덟 살

* 일본에는 입춘 전날 자기 나이만큼 콩을 먹는 풍습이 있다.

할아버지 저세상 특산물은 어디서 사요?

쓰노모리 레이코 · 여성 · 시마네현 · 마흔네 살 · 자영업

국민연금
부양가족에 넣고 싶다
개랑 고양이

후지키 히사미쓰 · 남성 · 후쿠오카현 · 예순여덟 살 · 무직

손가락 하나로
스마트폰과 나를
부리는 아내

다카하시 다미코 · 여싱 · 홋카이도 · 쉰한 살 · 파트타이머

깜빡한 물건
소리 내어 말한 뒤
가지러 간다

가쿠사 지에 · 여성 · 후쿠오카현 · 일흔일곱 살 · 무직

영정 사진
너무 웃었다고
퇴짜 맞았다

가미야 이즈미 · 여성 · 아이치현 · 쉰 살 · 파트타이머

물 온도 괜찮냐고
자꾸 묻지 마라
나는 무사하다

남성 · 기후현

〈부엌 · 욕실 센류〉(키친 · 베스공업회 주최, 2007년)
최우수 수상작

2
부

생일 케이크
촛불 불고 나니
눈앞이 캄캄

이마즈 시게루 · 남성 · 오사카부 · 예순세 살 · 회사원

만보기 숫자
절반 이상이
물건 찾기

구도 고지 · 남성 · 오사카부 · 예순여덟 살 · 무직

뒤를 돌아보니
개가 배려해주는
산책길

모리우치 나오코 · 여성 · 홋카이도 · 마흔네 살 · 파트타이머

비밀번호
카드가 많아져서
뒷면에 적는다

이시다 루미코 · 여성 · 효고현 · 쉰아홉 살 · 지방 공무원

몇 줌 없지만
전액 다 내야 하는
이발료

하야시 젠린 · 남성 · 도쿄도 · 예순여섯 살 · 자영업

두 사람의 연애담
처음 들은
장례식 날 밤

나카마쓰 지즈루 · 여성 · 가고시마현 · 스물다섯 살 · 파트타이머

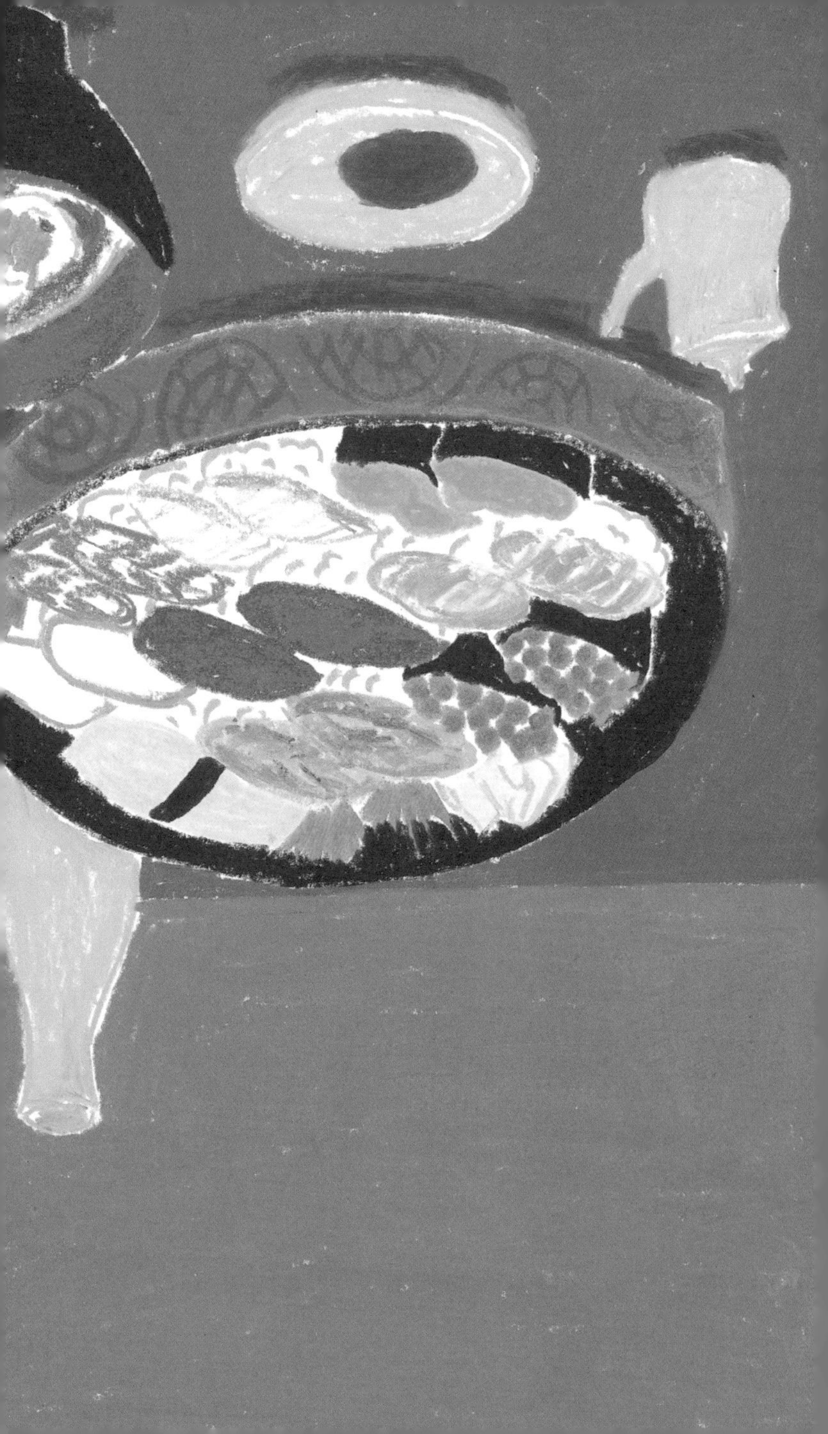

42

남은 날 있다고
생각하며 줄 서는
복권 가게 앞

사카이 도모미 · 남성 · 도쿄도 · 서른여섯 살 · 회사원

이것도 소중해
저것도 소중해
그러자 쓰레기 방

가와바타 가즈코 · 여성 · 도쿄도 · 예순일곱 살 · 요양 보호사

*마중은
어디서 나오냐고
손주가 묻는다

마나베 미치코 · 여성 · 에히메현 · 일흔세 살 · 주부

* 일본어로 '마중 나오다お迎えが来る'는
죽음이 임박했다는 뜻이다.

「미련은 없다」
말해놓고 지진 나자
제일 먼저 줄행랑

히로카와 도시오 · 남성 · 지바현 · 여든네 살 · 무직

「강아지 왔네」
손주 맞이하니
떠나는 배춧잎

우에모토 사치코 · 여성 · 오사카부 · 예순세 살 · 파트타이머

눈에는 모기를
귀에는 매미를
기르고 있다

나카무라 도시유키 · 남성 · 오사카부 · 예순일곱 살 · 무직

시골 의사여
그게 병명이냐
「연세가 많으셔서요」

마쓰우라 히로시 · 남성 · 지바현 · 여든세 살 · 무직

쓰는 돈이
술값에서 약값으로
변하는 나이

오카타케 마사후미 · 남성 · 시가현 · 일흔두 살 · 회사 임원

*아루코 歩こう 모임
알코올 모임으로
잘못 들었다

혼다 미쓰루 · 남성 · 오사카부 · 예순여섯 살 · 무직

* 일본어로 '걷자'라는 뜻.

자원봉사
하는 것도 받는 것도
늙은 사람

고다 스기오 · 남성 · 가나가와현 · 마흔아홉 살 · 회사원

젊게 입은 옷
자리를 양보받아
허사임을 깨닫다

쓰무라 노부유키 · 남성 · 도쿄도 · 일흔한 살 · 무직

청력 검사로
잴 수 없는
온갖 비밀 다 듣는 귀

오사와 기에 · 여성 · 니가타현 · 일흔한 살 · 주부

내용보다 글자 크기로 고르는 책

니시무라 요시히로 · 남성 · 가나가와현 · 일흔한 살 · 무직

입장료
얼굴 보더니 단박에
할인해줬다

아카바네 요시마사 · 남성 · 도쿄도 · 일흔한 살 · 무직

3
부

생겼습니다
노인회의
청년부

고토 준 · 남성 · 기후현 · 쉰한 살 · 단체 직원

찾던 물건
겨우 발견했는데
두고 왔다

하라 슌이치로 · 남성 · 사가현 · 여든 살 · 무직

64

아내의 푸념
끄덕끄덕 하다 보니
내 얘기구나

쓰쓰이 도시아키 · 남성 · 시즈오카현 · 서른여덟 살 · 회사원

이봐, 할멈
입고 있는 팬티
내 것일세

시무타 겐지 · 남성 · 후쿠오카현 · 예순살 · 무직

동창회 식후에는 약 설명회

와타나베 가쓰미 · 남성 · 지바현 · 일흔다섯 살 · 무직

허리보다도 입에 달고 싶은 만보기

스즈키 다카치카 · 남성 · 도쿄도 · 예순일곱 살 · 파트타이머

노인의 사랑
반했는惚れる 노망惚ける이든
한자는 같다

이케다 마타야키 · 남성 · 사이타마현 · 일흔 살 · 무직

일어섰다가
용건을 까먹어서
다시 앉는다

시부야 후미에 · 여성 · 미야기현 · 서른일곱 살 · 무직

분위기 보고
노망난 척해서
위기 넘긴다

이케다 구루미 · 여성 · 이바라키현 · 일흔한 살 · 주부

손주 목소리
부부 둘이서
수화기에 뺨을 맞댄다

나카쿠보 시로 · 남성 · 히로시마현 · 일흔여섯 살 · 농업

무농약에
집착하면서
내복약에 절어 산다

나카타니 고키치 · 남성 · 오사카부 · 예순다섯 살

자동 응답기에 대고
천천히 말하라며
고함치는 아버지

쓰치야 미치코 · 여성 · 나라현 · 쉰여덟 살 · 회사원

전에도 몇 번이나
분명히 말했을 터인데
「처음 듣는다!」

이노우에 에이코 · 여성 · 도쿄도 · 일흔세 살 · 주부

손주 돌아가니
아내와 적막하게
숭늉 먹는다

무라카미 가즈요시 · 남성 · 니라현 · 예순여섯 살 · 무직

할멈,
개한테 주는 사랑
나한테도 좀 주구려

나가노 요시나리 · 남성 · 오사카부 · 쉰여덟 살 · 회사원

데지카메*는
무슨 거북이냐고
할머니가 묻는다

하세가와 쇼코 · 여성 · 도야마현 · 여든세 살 · 주부

* 일본어로 '디지털 카메라'의 준말.
'카메'는 일본어로 거북이.

이름이 생각 안 나
「이거」「저거」「그거」로
볼일 다 본다

시바타 도시코 · 여성 · 아이치현 · 쉰한 살 · 주부

오랜만에 보는 얼굴
고인이 연이어 주는
장례식장

나카야마 구니오 · 남성 · 히로시마현 · 예순아홉 살 · 무직

「젊어 보이시네요」
그 한마디에
모자 벗을 기회 놓쳤다

오야 노시 · 남성 · 효고현 · 일흔여섯 살 · 무직

손주의 과자
딱 하나 받고
배춧잎 준다

이토 이토미 · 여성 · 이와테현 · 마흔아홉 살 · 파트타이머

요즘은
대화도 틀니도
맞물리지 않는다

야스오카 나오키 · 남성 · 도쿄도 · 서른다섯 살 · 회사원

심각한 건
정보 유출보다
오줌 유출

야나기다 고 · 남성 · 도쿄도 · 마흔아홉 살 · 물리치료사

자, 출전이다
안경 보청기
틀니 챙겨라

아라이 미노루 · 남성 · 사이타마현 · 일흔아홉 살

서로를 돌보며 다시 한번 싹트는 부부애

니시무라 겐지 · 남성 · 비에현 · 서른한 살 · 사회복지사

4부

똑같은 푸념
진지하게 듣는 건
오직 개뿐

이토 쓰야코 · 여성 · 아이치현 · 예순아홉 살 · 주부

아내는 여행
나는 입원
고양이는 호텔

오오카 유지 · 남성 · 도쿄도

정년이다
지금부턴 아닌 건
아니라고 말해야지

오기와라 미쓰오 · 남성 · 군마현 · 쉰두 살

조수석에 앉은 아내
옛날 상사
뺨친다

마쓰카와 오사무 · 남성 · 사이타마현 · 일흔네 살 · 무직

사랑인 줄 알았는데 부정맥

다카키 마슈 · 남성 · 후쿠오카현 · 일흔다섯 살 · 회사원

빨리 감기 하고 싶다
우리 마누라
푸념과 잔소리

사와노보리 세이이치로 · 남성 · 야마나시현 · 예순두 살 · 자영업

자기소개
취미와 지병을
하나씩 말한다

기타가와 겐지 · 남성 · 오사카부 · 쉰두 살 · 자영업

늙은 두 사람
수금원에게
차를 대접한다

기무라 도시요 · 여성 · 이바라키현 · 일흔두 살

우리 마누라
한때는 요정
지금은 요괴

하마짱 · 남성 · 오사카부 · 예순여덟 살 · 무직

심란하구나
손주가 보고
좋아하는 구급차

아라키 다이젠 · 남성 · 가나가와현 · 스물일곱 살 · 회사원

안약을 넣는데
나도 모르게
입을 벌린다

후카시로 다다시 · 남성 · 군마현 · 일흔두 살 · 무직

일어섰는데
용건을 까먹어
우두커니 그 자리에

다카하시 다미코 · 여성 · 홋카이도 · 마흔여덟 살 · 주부

아내는 비만
수발들 일 생기면
나는 비참

고바야카와 가쓰토시 · 남성 · 후쿠오카현 · 예순여섯 살 · 무직

홀딱 반했던
보조개도
지금은 주름 속

우스키 히로오 · 남성 · 이바라키현 · 일흔여덟 살 · 무직

손자 증손자
이름 헷갈려
전부 부른다

야마자키 지카코 · 여성 · 니가타현 · 마흔살 · 주부

좋은 의사를
병원 대기실에서
추천받았다

히지카타 아키미쓰 · 남성 · 도쿄도 · 일흔여섯 살 · 무직

비상금
둔 곳 까먹어서
아내에게 묻는다

오카베 미호 · 여성 · 도쿄도 · 스물아홉 살 · 회사원

경치보다 화장실이 신경 쓰이는 관광지

사카모토 마리코 · 여성 · 사이타마현 · 쉰아홉 살 · 주부

혼자 사는 노인
가전제품 음성 안내에
대답을 한다

모리시타 에쓰오 · 남성 · 효고현 · 일흔세 살 · 프리랜서

희수喜壽*지만
은사 앞에서는
아직 여고생

고소베 유미 · 여성 · 홋카이도 · 마흔아홉 살 · 파트타이머

* 일흔일곱 살을 달리 이르는 말.

석 달 전
가르쳐준 장기로
손주에게 졌다

니시모리 시게오 · 남성 · 이시카와현 · 여든여섯 살 · 무직

손을 잡는다
옛날에는 데이트
지금은 부축

가나야마 미치코 · 여성 · 오사카부 · 일흔여섯 살 · 무직

「요전에 말이야」 이렇게 운을 뗀 오십 년 전 이야기

오모리 지호 · 여성 · 오사카부 · 마흔세 살 · 주부

이 나이쯤 되면
재채기 한 번에도
목숨을 건다

긴고 모토노부 · 남성 · 도쿄도 · 스물세 살 · 프리터

편집후기

나이 먹는 것도 나쁘지 않아

〈실버 센류〉는 사단법인 전국유료실버타운협회의 주최로 2001년부터 매해 열리고 있는 센류 공모전의 이름입니다. 이 책은 2011년과 2012년의 입선작을 포함해 여든여덟 수를 모은 〈실버 센류〉 걸작선이고요.

일본은 지금 넷 중 하나는 노인인 초고령 사회입니다. "나이 먹는 건 싫어" "짐이 되고 싶지 않아"라는 목소리도 들려오지만, 오히려 젊은이보다 건강하고 현역세대보다 힘이 넘치는 어르신들도 많습니다. 고민이나 푸념거리는 있지만 그런 어르신들이 하고 싶은 말을 더욱 활발히 할 수 있는 공간을 만들고 싶다, 노년세대의 생활상과 마음을 더욱 리얼하게 전하고 싶다는 바람이 이 〈실버 센류〉의 탄생 배경에 있었습니다. 처음에는 협회의 20주년 기념사업으로 한 번만 열고 끝낼 예정이었습니다. 그러나 예상보다 큰 반향과 무엇보다 마음을 사로잡는 여러 훌륭한 응모작들로부터 힘을 얻어, 그 이후 경로의 날이 있는 9월에 입선작을 발표하는 형태로 매해 개최하게 되었습니다.

2012년으로 제12회를 맞이하는 <실버 센류>. 최연소 응모자는 여섯 살, 최고령 응모자는 백 살, 총 응모작 수는 무려 11만 수가 넘습니다. 작가들의 면면도 나이로는 20대부터 80대, 사는 곳도 홋카이도부터 규슈까지로 폭이 매우 넓어졌습니다.

태어나서 처음 받은 상장

응모작은 본 협회의 광고위원회와 사무국을 중심으로 5차에 걸쳐 심사하고, 마지막으로 협회에 가맹된 유료실버타운 입주자들의 인기투표를 거쳐 그해의 입선작 20수를 뽑습니다.

작품은 그야말로 인생과 시대를 반영한 역작뿐입니다. 건망증이나 통원 생활처럼 친근한 주제는 물론, 보이스 피싱과 연금 생활, 돌봄 관련 고민 등 작품 세계는 다방면에 걸쳐 있습니다. 2011년에는 역시 동일본대지진에 관한 작품도 날아들었습니다.

센류의 매력 중 하나는 세대에 따라 감상이 천차만별이라는 점입니다. 일테면 이 책에 실린 작품 "눈에는 모기를 / 귀에는 매미를 / 기르고 있다"를 보면 그것이 어떤 느낌인지 실감할 수 있는 사람과 그렇지 못한 사람이 있겠지요. "자동 응답기에 대고 / 천천히 말하라며 / 고함치는 아버지"는 젊은 세대에게 인기가 좋은 작품이었습니다.

작가와의 잊지 못할 에피소드도 있습니다. 입선작을 결정한 뒤 매년 드리는 상장을 보냈을 때의 일입니다. "태어나서 처음으로 상장을 받았어요. 공부로 1등한 적도 없고, 운동회에서 1등상을 받은 적도 없거든요. 센류로 칭찬받은 건 지금까지의 긴 인생 중 최고로 영광스러운 일이에요. 상장은 소중히 여기다가 나중에 관에 넣고 싶어요." 수화기 너머의 생생한 목소리에 저희가 기운을 얻었습니다.

누구나 걸어가는 울퉁불퉁한 길

'안티에이징'이니 '장수'니 하는 말들이 세상을 떠들썩하게 만들고 있습니다. 건강하게 오래 사는 것은 많은 사람들의 바람이지만, 한편으로는 가족의 형태가 변

해 노인과 함께 살 기회도 훨씬 적어졌습니다. "나이 먹기 싫어"라고들 해도 명랑하게, 멋지게, 근사하게 나이 들어가는 분들이 무척 많습니다.

이 책은 초고령 사회 일본의 축소판이자 메시지집입니다. 작품을 통해 이른바 실버 세대인 어르신과의 생활을 더욱 친근하게 느낄 수 있다면 좋겠습니다.

나이를 먹는 것은 누구나 가는 길을 걷는 일입니다. 오르막과 내리막이 있는, 기쁜 일로만 가득한 건 아닌 울퉁불퉁한 길이지만 나이를 먹었기에 보이는 풍경도 분명 있습니다. 이 책과 함께, 힘을 빼고 즐겁게 그 길을 걸어보세요. 여러 사정으로 인해 본문에 싣지 못한 제12회 입선작을 여기서 소개합니다.

"환갑 맞이한 / 아이돌을 보고 / 늙음을 깨닫는다"(니헤이 히로요시, 쉰네 살, 남성, 후쿠시마현)

마지막으로, 이 책을 출간하며 작품을 싣도록 흔쾌히 허락해주신 작가 여러분께 깊이 감사드립니다.

사단법인 전국유료실버타운협회
포푸라샤 편집부

이 책에 수록된 작품은 사단법인 전국유료실버타운협회에서 주최한 〈실버 센류〉의 입선작과 응모작입니다.

1부: 제12회 입선작

2부: 제11회 입선작

3부, 4부: 제4회~제11회 응모작

- 1, 2부는 사단법인 전국유료실버타운협회에서, 3, 4부는 포푸라샤 편집부에서 선정했습니다.
- 작가 이름(필명), 나이, 직업, 주소는 응모 당시의 정보로 실었습니다.
- 또한 31페이지의 작품은 〈부엌 · 욕실 센류〉(키친 · 베스공업회 주최, 2007년) 최우수 수상작이므로 입선을 취소했습니다.

사단법인 전국유료실버타운협회

유료 실버타운 이용자 보호와 사업의 건전한 발전을 목적으로 1982년에 설립되었다. 고령자 복지 향상을 목표로 입주 상담부터 사업자 운영 지원, 입주자 기금 운영, 직원 연수 등 다방면에 걸쳐 활동하고 있으며 후생노동성의 인가를 받았다.

사랑인 줄 알았는데 부정맥

초판 1쇄 발행 2024년 1월 17일
초판 10쇄 발행 2024년 7월 31일

지은이 사단법인 전국유료실버타운협회
옮긴이 이지수
펴낸이 김선준

편집이사 서선행(sun@forestbooks.co.kr)
편집1팀 임나리, 이주영 **디자인** 엄재선 **일러스트** 후루타니 미치코
마케팅팀 권두리, 이진규, 신동빈
홍보팀 조아란, 장태수, 이은정, 권희, 유준상, 박미정, 이건희, 박지훈
경영관리팀 송현주, 권송이

펴낸곳 (주)콘텐츠그룹 포레스트 **출판등록** 2021년 4월 16일 제2021-000079호
주소 서울시 영등포구 여의대로 108 파크원타워1 28층
전화 02) 332-5855 **팩스** 070) 4170-4865
홈페이지 www.forestbooks.co.kr
종이 (주)월드페이퍼 **출력 · 인쇄 · 후가공 · 제본** 한영문화사

ISBN 979-11-93506-07-3 (03830)

㈜콘텐츠그룹 포레스트는 독자 여러분의 책에 관한 아이디어와 원고 투고를 기다리고 있습니다. 책 출간을 원하시는 분은 이메일 writer@forestbooks.co.kr로 간단한 개요와 취지, 연락처 등을 보내주세요. '독자의 꿈이 이뤄지는 숲, 포레스트'에서 작가의 꿈을 이루세요.